Złotowłosa i trzy misie

Goldilocks and the Three Bears

retold by Kate Clynes
illustrated by Louise Daykin

Bromley Libraries
30128 80373 252 1

Złotowłosa bawiła się zbierając kwiatki dla swojej mamy.
Idąc tak, zapuszczała się coraz to głębiej w las.

Stój Złotowłosa, wracaj do domu,
Lasy nie są bezpieczne, gdy jesteś sama.

KT-526-759

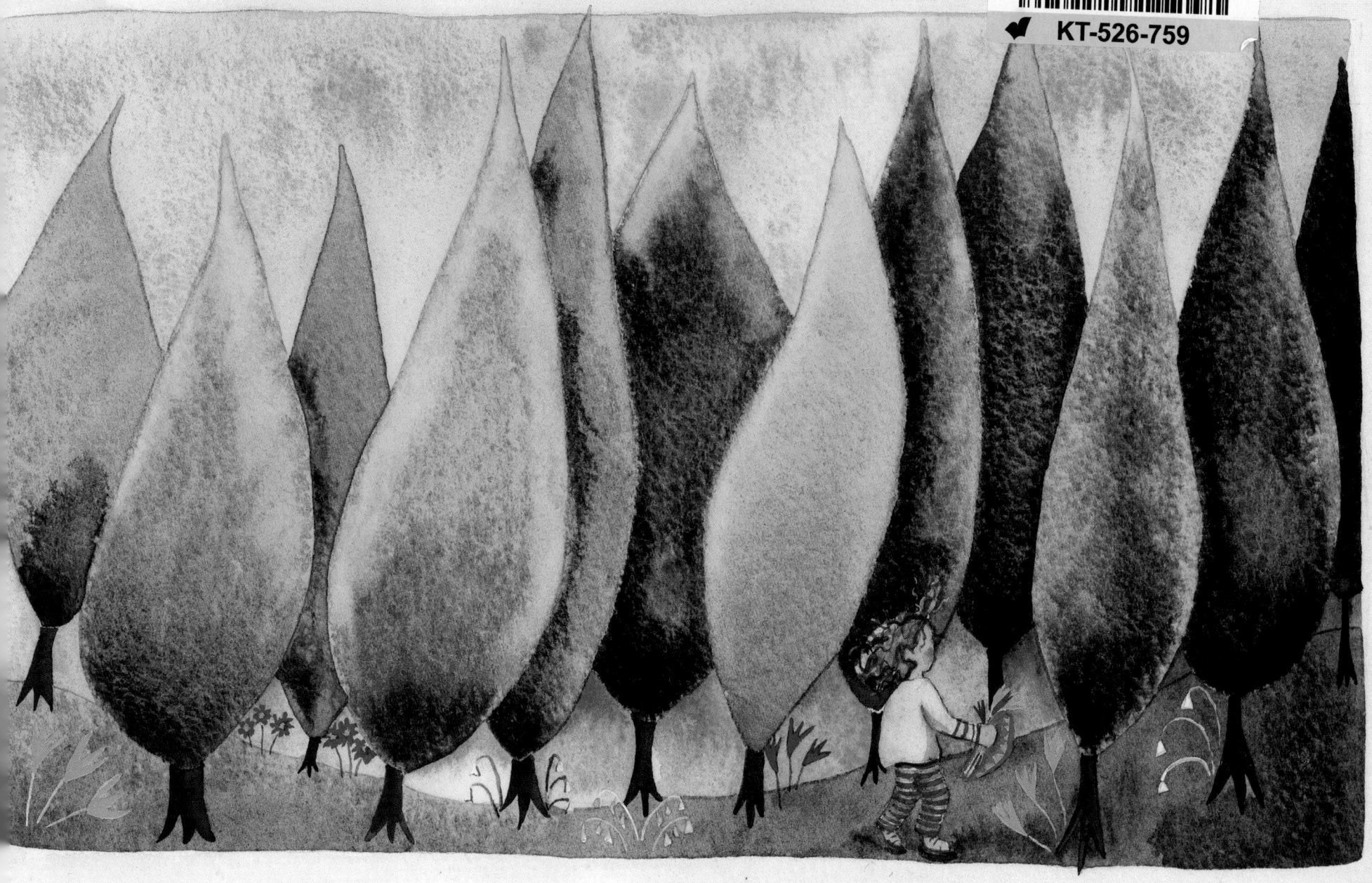

Goldilocks was having fun, collecting flowers for her mum.
She was heading **deeper** and **deeper** into the woods.

Stop Goldilocks, go back home,
Woods aren't safe when you're all alone.

Złotowłosa znalazła domek z pięknym ogródkiem.
- Chcę nazrywać tu kwiatów - powiedziała Złotowłosa.
- Ale najpierw zobaczę, czy ktoś jest w domu.

She found a cottage with a beautiful garden.
"I want to pick those flowers," said Goldilocks. "I'll see if anyone's home."

Stój Złotowłosa, zapukaj raz jeszcze,
Drzwi mogą skrywać rzeczy złowieszcze.

Stop Goldilocks, knock once more,
There may be something grizzly behind the door.

- Halo! - zawołała.
- Czy jest tu ktoś?
Ale nikt nie
odpowiedział.

"Hello!" she called,
"is anybody home?"
But there was no reply.

Na stole stały trzy miski z gorącym daniem. Jedna duża miska, jedna średnia miska i jedna mała miseczka.
- Mmmm, owsianka - powiedziała Złotowłosa - jestem strasznie głodna.

On the table were three steaming bowls. One big bowl, one medium sized bowl and one small bowl. "Mmmm, porridge," said Goldilocks, "I'm starving."

Stój Złotowłosa, tak bardzo nie spiesz się,
Twoja przygoda, może się skończyć źle.

Stop Goldilocks don't be hasty,
Things could turn out very nasty.

Złotowłosa spróbowała owsiankę z dużej miski.
- Auu! - krzyknęła. Owsianka była stanowczo za gorąca.

Goldilocks took a spoonful from the big bowl.
"Ouch!" she cried. It was far too hot.

Potem spróbowała średnią miskę.
- Uuu! - Owsianka była stanowczo za zimna.

Then she tried the middle bowl.
"Yuk!" It was far too cold.

Natomiast owsianka w małej miseczce była w sam raz i Złotowłosa zjadła wszystko!

The small bowl however was just right and Goldilocks ate the lot!

Z pełnym brzuszkiem, Złotowłosa
przeszła do następnego pokoju.

With a nice full tummy, she wandered
into the next room.

Poczekaj Złowowłosa,
po cudzym domu chodzenie
i po kątach szperanie
dozwolone nie jest.

Hang on Goldilocks,
you can't just roam,
And snoop around
someone else's home.

Przy ciepłym, palącym się kominku
stały trzy krzesła.
Jedno duże krzesłko, jedno średnie
krzesło i jedno małe krzesełko.

In front of the warm, glowing
fire were three chairs.
One big chair, one medium
sized chair and one small chair.

Not Another Red Riding Hood

Najpierw Złotowłosa wdrapała się na duże krzesło, ale było ono za twarde.
Potem usiadła na średnim krześle, ale było ono za miękkie.
Natomiast małe krzesełko było w sam raz.
Złotowłosa oparła się i nagle...

First Goldilocks climbed onto the big chair, but it was just too hard.
Then she climbed onto the medium sized chair,
but it was just too soft.
The little chair, however, felt just right.
Goldilocks was leaning back, when...

TRACH! Nogi się połamały i Złotowłosa upadła na podłogę.
- Auu - krzyknęła. - Głupie krzesło!

Och, Złotowłosa, coś ty narobiła?
Bierz nogi za pas i już cię tu nie ma.

SNAP! The legs broke
and she fell onto the floor.
"Ouch," she cried.
"Stupid chair!"

Oh no Goldilocks, what have you done?
Get up quick, get up and run.

Złotowłosa poczuła się zmęczona, więc poszła na górę. W sypialni były trzy łóżka. Jedno duże łóżeczko, jedno średnie łóżko i jedno małe łóżeczko.

Goldilocks felt tired so she made her way upstairs. In the bedroom were three beds. One big bed, one medium sized bed and one small bed.

Złotowłosa wspięła się do dużego łóżka, ale było ono za twarde. Potem wypróbowała średnie łóżko, ale było ono za sprężyste. Natomiast małe łóżeczko było w sam raz i dziewczynka wkrótce w nim usnęła.

She climbed up onto the big bed but it was too lumpy. Then she tried the medium sized bed, which was too springy. The small bed however, felt just right and soon she was fast asleep.

Wstawaj Złotowłosa i oczka otwórz dziecię,
Bo WIELKA niespodzianka wnet przytrafi ci się!

Wake up Goldilocks, open your eyes,
You could be in for a BIG surprise!

W tym momencie trzy
misie wróciły do domu.
Potykając się o koszyk,
Tato Miś spojrzał na stół.

Just then the three bears came home.
After tripping over a basket,
Father Bear noticed the table.

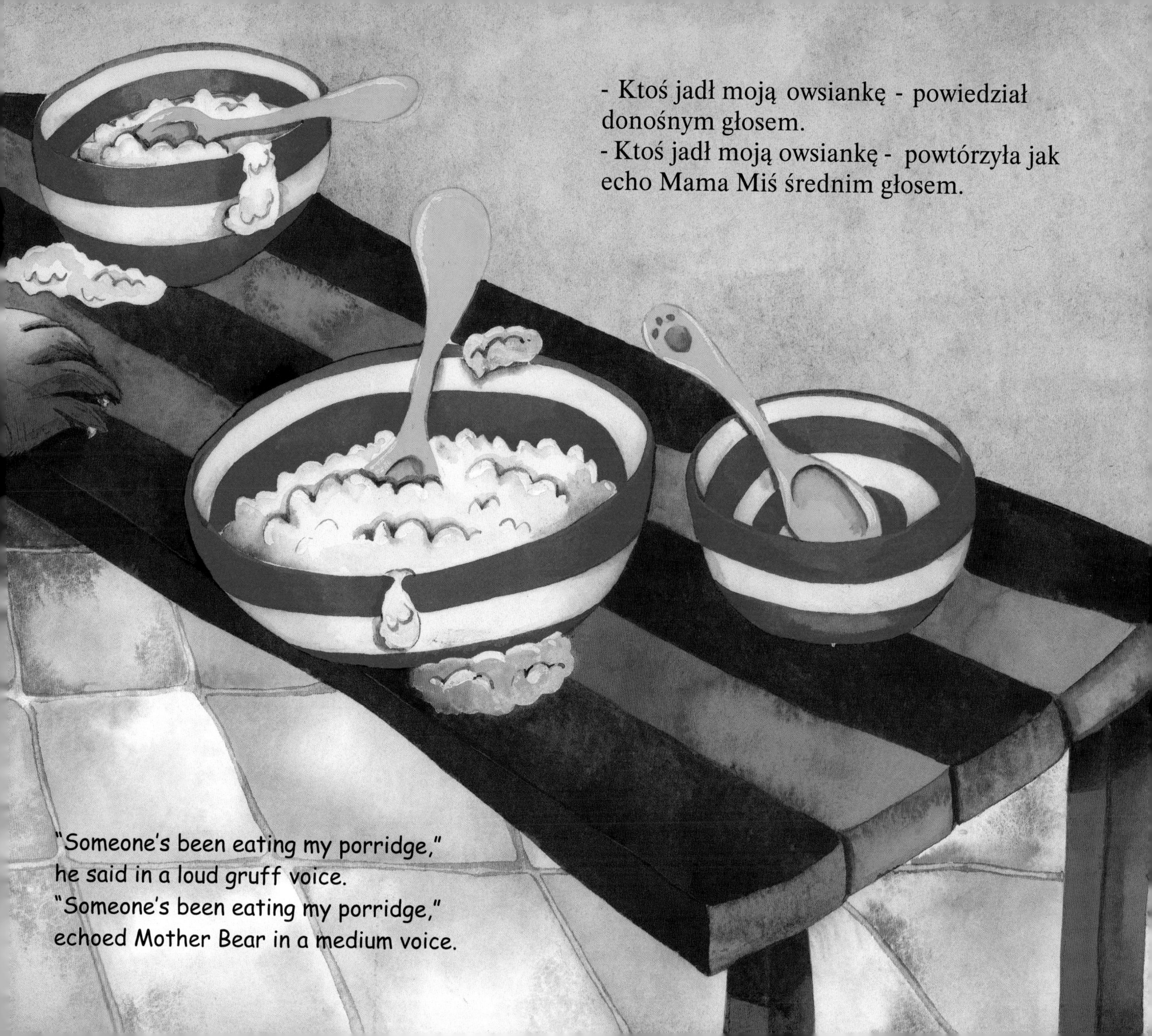

- Ktoś jadł moją owsiankę - powiedział donośnym głosem.
- Ktoś jadł moją owsiankę - powtórzyła jak echo Mama Miś średnim głosem.

"Someone's been eating my porridge,"
he said in a loud gruff voice.
"Someone's been eating my porridge,"
echoed Mother Bear in a medium voice.

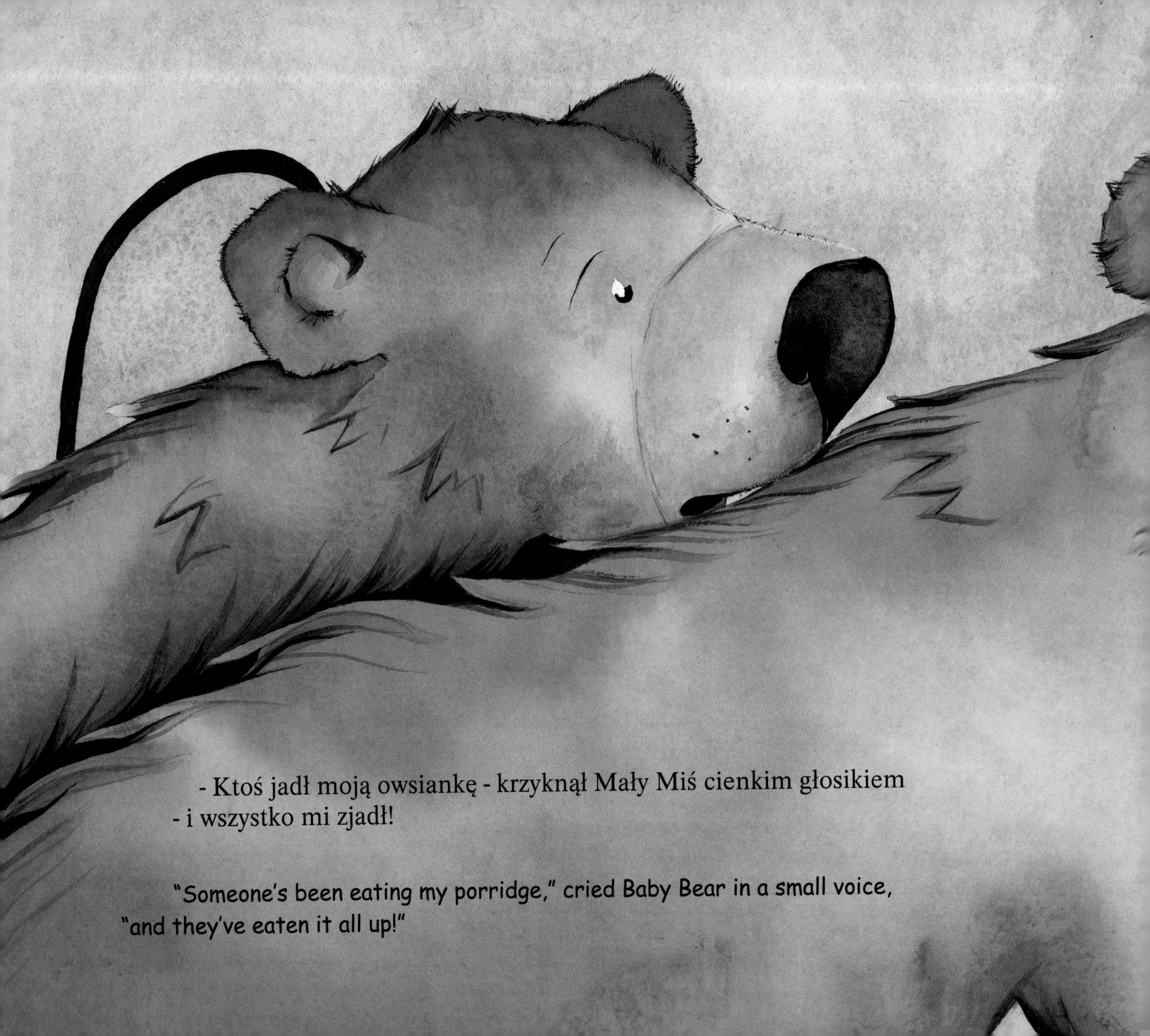

- Ktoś jadł moją owsiankę - krzyknął Mały Miś cienkim głosikiem - i wszystko mi zjadł!

"Someone's been eating my porridge," cried Baby Bear in a small voice, "and they've eaten it all up!"

Trzy zgłodniałe misie rozejrzały się ostrożnie,
Ale potwór zbierający kwiatki
nie brzmi zbyt groźnie.

Three very hungry bears, feeling slightly wary,
But a flower-collecting monster
doesn't sound too scary.

Trzymając się za ręce, powoli weszły do pokoju gościnnego.
- Ktoś siedział na moim krześle - powiedział Tato Miś donośnym głosem.
- Ktoś siedział na moim krześle - powtórzyła jak echo Mama Miś średnim głosem.

Holding hands, they crept into the living room.
"Someone's been sitting in my chair,"
said Father Bear in a loud gruff voice.
"Someone's been sitting in my chair,"
echoed Mother Bear in a medium voice.

- Ktoś siedział na moim krzesełku - krzyknął Mały Miś
cienkim głosikiem - I spójrzcie, połamał mi je!
Mały Miś wybuchnął płaczem.

"Someone's been sitting in my chair," cried Baby Bear
in a small voice, "and look, they've broken it!"
He burst into tears.

Misie bardzo się zmartwiły.
Po cichutku na palcach
weszły po schodach
na górę do sypialni.

Now they were very worried.
Quietly they tiptoed up the
stairs into the bedroom.

Nie wiedząc, co zastaną
nasze biedne misie,
Oczekiwały groźnego potwora,
który krzesła łamał dzisiaj.

Three grizzly bears, unsure of
what they'll find,
Some chair-breaking monster of
the meanest kind.

- Ktoś spał w moim łóżku - powiedział Tato Miś donośnym głosem.

"Someone's been sleeping in my bed," said Father Bear in a loud gruff voice.

- Ktoś spał w moim łóżku - powtórzyła jak echo Mama Miś średnim głosem.

"Someone's been sleeping in my bed," echoed Mother Bear in a medium voice.

- Ktoś spał w moim łóżeczku - zawył Mały Miś głosem niepodobnym do swego cienkiego głosiku - i spójrzcie!

"Someone's been sleeping in my bed," wailed Baby Bear in a far from small voice, "and look!"

Hałas obudził Złowowłosę,
która zerwała się z łóżka
z krzykiem.

The noise woke
Goldilocks up and
she screamed.

Podczas gdy misie powoli
otrząsały się z szoku...

While the bears
were recovering
from their shock...

Złotowłosa wyskoczyła z łóżka, zbiegła na dół po schodach,
chwyciła po drodze pusty koszyk i uciekła.

Goldilocks leapt out of bed, ran down the stairs,
grabbed her empty basket and fled.

Cóż Złotowłosa, zasłużyłaś sobie
Misie nieźle wystraszyły cię
Ale podzielę się sekretem z tobą
Że biedne misie, same bały się!

Well Goldilocks, it serves you right,
Those bears gave you a terrible fright.
But here's a secret that must be shared,
The three poor bears were just as scared!